为人世间的爱情悲剧献礼!

伊人

李迪诗集

李迪 著

中州古籍出版社
· 郑州 ·

图书在版编目（CIP）数据

伊人：李迪诗集 / 李迪著 . -- 郑州：中州古籍出版社，2016.8
ISBN 978-7-5348-5484-2

Ⅰ . ①伊… Ⅱ . ①李… Ⅲ . ①诗集－中国－当代 Ⅳ . ① I227

中国版本图书馆 CIP 数据核字（2016）第 216016 号

伊人：李迪诗集

责任编辑　　梁瑞霞
装帧设计　　曾晶晶
责任校对　　李　群

出版发行　中州古籍出版社
　　　　　（郑州市经五路66号　邮编：450002）
发行热线　0371－65788693
经　　销　全国新华书店
印　　刷　河南省瑞光印务股份有限公司
开　　本　32开（850毫米×1168毫米）
印　　张　9.25
字　　数　70千字
版　　次　2016年10月第1版
印　　次　2016年10月第1次印刷
定　　价　29.00 元

本书如有印装质量问题，由承印厂负责调换。

自序

亲爱的读者，当你翻开这部诗歌集，实际是开启了你与你灵魂深处的自己交流的旅程，这部以"爱和感动"为主题的诗集努力挖掘着人们潜意识里的真、善、美。

我的创作深受海子、顾城等著名诗人的影响，但起到决定作用的还是我在成长过程中拥有的和海子、顾城的心地类似的心地。我作为独生子女在小学和中学受到的同学的欺辱，以及长大后与同学的矛盾深深地影响着我，我的内心是谨慎、理性的，对待事情非常认真。而诗也是理性的艺术，与我的追求是极为契合的。

我认为现代诗歌不是通过韵律来实现本身的价值，而是通过真挚的感情的抒发，当这种感情得到恰到好处的表达，诗歌才具有迷人的魅力。而所谓恰到好处的表达也是需要完全让感情支配自己的，比如我的诗歌《乡愁》《年历》，它们并没有整齐和句句押韵的特点，但依然很感人。那种间隔和连续的运用，完全是情感作用下的表达方式。而且，我认为每行诗不宜太长，而应凝练和相当短，也不应加入标点符号，这样诗歌的魅力才能被真正地发挥出来。同时，诗歌也不应铺过多的意象，否则，诗人会在努力想象和铺意象的过程中消磨尽感情，本末倒置，诗歌的抒情性受到很大影响。在我看来，海子、顾城等诗人虽然有不少代表作，但他们的好多其他的诗歌，可能陷入了故弄词藻的泥潭，当意象变得过于繁多，诗歌的死亡，它的无聊便是自然而然的事。

我的诗歌应该分为三种：灵魂体、哲学体和逗趣体。《黄河水你浇我的脸》《一粒红尘》《梦》等属于灵魂体，它们如同利斧，可以撬开所有人的内心，因为这一风格、内容关注人心脏的跳动和血液的涌流；《逻辑》等属于哲学体，带领读者进行哲学思考；《令你害羞的》《小荷》《秀才遇上兵》等属于逗趣体，措辞幽默，反映我内心的幽默情怀以及人性的温暖。

我的这部诗歌集，主要表现了爱情，附带表现了爱国、思乡、缅怀亡亲、怀古、关注和同情边缘人等思想情感，是我的思想和情感体验的真实写照。下面，就请大家和我一起深入诗中，去经历快乐着生命本质上的快乐，悲伤着生命本质上的悲伤的独特旅程吧。

李迪

2016 年 8 月 3 日

目录

在那里……1
我希望……2
此情不移……3
我是一个啃着牛蹄的原始人……5
祖国……6
最好的朋友……7
流水如何走……8
爱上一座城……9
雁飞时……10
写给世界的遗书……11
立体派……12
花若败……13
黄河水你浇我的脸……14
西风吹雨吹着芳草萋萋……15
来不及……16
神爱上神……17
牵手……18
痛苦回忆……19
如果……20
痛苦……21
有的人……22
我睁大悲伤的眼……24
思想者……25
问号……26
艺术是什么……27
你说你哭了……28
宋冬野，我在这里含着眼泪……29
你说歌鼓亦是伤……30
你的裙摆……31
歌中的你……32

- 花祭……33
- 小二妮，上茶……34
- 命运……35
- 挽我的风……36
- 新年快乐……37
- 浅浅……38
- 雾霭……39
- 太阳照样升起……40
- 十里桃花……41
- 生煎……42
- 就会有春花开满坡……43
- 有的人……44
- 霸王别姬……45
- 生死枯等……46
- 水火……47

- 木风……48
- 良心……49
- 星星……50
- 三十年代的讴歌者……51
- 多结……52
- 拜拜……54
- 逗趣……55
- 令你害羞的……56
- 最大的沉默……57
- 谢谢……58
- 网络文化……59
- 意……60
- 如果我不是人……61
- 最困的午后……62
- 一杯酒……63

非凡之路……64
诗人有透明的心……65
为什么爱,海子……66
我仰慕的诗人……67
传奇……68
一滴茶……69
寒树……70
韩美林的猴子……71
你不高兴时皱眉……72
笑脸太弱……73
豆芽……74
我怎么舍得扔下你……75
乡愁……76
感性向右,理性向左……77
我要飞到天涯海角……78

小小的小孩……79
一定是……80
要苹果要樱桃……81
奶嘴儿掉了……82
支吾个……83
别笑,看你痛苦成了什么模样……84
啊,我们……85
情……86
天真的荷尔蒙……87
爱是山,爱是山……89
理想不是给自己构筑的……90
你……91
我们的诺言……92
宠物……93
雨在下……94

3

诗愣在那里……95
伤透的心……96
岁月卷起笑颜如故……97
梦……98
爱自己的手指……99
坚强……100
他快乐着别人的快乐……101
右脑……102
你愚钝着头脑也挺好……103
歇脚的港湾……104
秀才遇上兵……105
最不幸的熊……106
灿烂在一幅画里……107
在青藏高原西北角……108
边缘人……109

我知道他一直都在……110
是否……111
真心……113
最像你的人却不是你……114
不如一乐……116
致我不爱的人……117
哈哈……118
冷漠花……119
顾城，我躲在山洞里和你对话……120
让昙花寂静的飘落……121
有病……122
长着会说话的眼睛的天使……123
悟佛……124
强扭的瓜不甜……125
如果……126

4

血光……127
我的沧浪之歌……128
花心……129
错观……130
鸟……131
没有一种痛苦可以阻拦……132
会不会有一首孤独的歌……133
风筝……134
我见过最伤心的爱情……135
你……136
劳佛特无眠夜……137
天边夕阳一个八字胡……138
豆苗……139
我们不懂得……140
为什么不断……141
你的命运……142
被蹂落的信仰……143
原谅……144
秋叶你往没有树的地方飘……145
马顿,放开海咪咪小姐……146
有一个不一样……147
银制并蒂莲……148
你需要沦落的信仰……149
飘……150
写哀伤的诗……151
回眸一笑……152
有一种力量……153
失落了信仰的酒歌……154
这棵红槐……155
结束了爱情世界……156

5

泰迪犬……157
逗比没有爱情……158
诗人疯子屠夫……159
古董……161
我留下一桌……162
我看不见……163
无形……164
寂寞迎来新世界……165
开的玫瑰……166
嘿嘿……167
什么不是暂时的……168
故人心易变……169
年历……170
吾境……171
变桥上的相守……172

家乡没有我的草……173
轻歌曼舞……174
诗人的死……175
南方不是特别冷……176
默……177
勿忘我……178
口味融合……179
古铜钱……180
春风依然……181
黑客的眼睛……182
放弃诸葛亮……183
原罪论……184
人不回归善良……185
爱如刀剑……186
活着……187

- 愚路……188
- 宫姬……189
- 诗人最懂悲剧……190
- 死时的叹息……191
- 哭红眼睛的鸟……192
- 构想……193
- 一粒红尘……194
- 委屈,听宽容一句话……195
- 石子……196
- 零途……197
- 啊啊……198
- 心如死灰……199
- 岛……200
- 新年……201
- 啊,嗯……202
- 世界如此安静……203
- 我捅你一刀你还我一刀……204
- 父母果……205
- 黑客呃……206
- 好冷的时候……207
- 一部叫善良的小说……208
- 十二首歌……209
- 我许给你什么……210
- 世界里找不见我的影子……211
- 阳光依然……212
- 聊……213
- 造灵师……214
- 诗泪……215
- 珍重……216
- 无聊是两只脚……217

- 小荷……218
- 心灵感应……219
- 神……221
- 放心吧……222
- 来去的智慧……223
- 背叛一切的人他会好过……224
- 别害怕……225
- 悲剧艺术家……226
- 沉默……227
- 黑……228
- 不回来就好……229
- 我在心头栽一棵……230
- 钱……232
- 握着上帝的手……233
- 吃得苦中苦……234

- 我需茶，你需咖啡……235
- 没谱的摩羯……236
- 九九年的人都十七了……237
- 河南山东河北……238
- 修仙……239
- 眼泪……240
- 感性是对的……241
- 理性遇上暴力……242
- 拭泪……243
- 李迪，我要控诉你……244
- 哭脸……245
- 他说……246
- 悲剧……247
- 我们分手吧……248
- 莫魇……249

门前老树开新芽……250
名义夫妻……251
为什么……252
善良的人……253
题材……254
青山在，人未老……255
诗人……256
甩钱，你若要肮脏……257
我羡慕某人过分……258
原生态……259
家里做客刘冀翔……260
善与恶……261
浅小蓝……262
几种结束……263
灵极……264

微笑的……265
理性……266
秋天的鸟……267
我如何看美……268
嫉恶如仇……269
诗中的别离……270
烧烤板上的风凉话……271
会安生……272
诗人不能放下……273
天堂在侧……274
末日……275
傲寒的假……276
不知道……277
二点……279

9

在那里

提起笔
一阵感伤
外面的雪花还会开
你说
我静静地等
眼眶湿润了
乍暖还寒的季节
我还是那般多情
翻开书读
忘记往事
我痴痴的在那里
你知道我哭
却不能擦掉我的泪水
因为只有我在那里
在那里
快乐曾存在过
也感伤过离踵的声声
拥抱过
最终却路过

我希望

我希望
白天我们牵着手
赤脚奔跑在无人的海滩
夕阳照得我们的脸发红
欢笑声夹杂着海浪的低吼
晚上则在岸边搭起帐篷
虽感到夜很阴森
但亦知你我是彼此最大的安全感

我希望
我们一起去一片无人的草原
将刻着你我名字的银做的信物
埋在那里
亿万年后的世界末日
它将见证我们的誓言
告诉世界
我们曾深爱着彼此
一生一世

我希望
我们在一起时
快乐总多于不快
即使拉着脸
心里也想着
歌中那句
我爱你

此情不移

此情不移
我们的脸上
写着相守
此情不移
流过泪的眼睛
映着坚定
此情不移
天荒地老的梦
在你我心中
放开悲伤的马
让它奔往过去
我们用微笑
迎接彼此
因为你是我深深爱着的人啊

我是一个啃着牛蹄的原始人

我是一个啃着牛蹄的原始人
奔跑的牛的味道
是野性的狂傲
开心问我叫什么
我叫弯曲的牛角
我想变成牛蹄筋
成为牛奔跑的动力
我站在尼罗河畔
学野牛叫
我知道
而世界你不知道
我是一个啃着牛蹄的原始人

祖国

祖国
祖国的阵痛
我看着它的伤口
流淌着殷红的鲜血
我如何爱你
如何用智慧
保护你的尊严
我亲爱的祖国

最好的朋友

最好的朋友
我发誓我们终将见上一面
世界为此沉默了一个世纪
我泪水沾着世事的污浊
即便如此
我也是喜极而泣
我相信你会给我个拥抱
那不是付出的回报
那是不变的誓言

最好的朋友
什么可以阻拦你对我的信任
什么能搁浅执着
如果你曾经的一句不喜欢
成为抱怨
你是否还相信造物主的安排
我们用微笑
祭奠他可恶的神奇

流水如何走

你要问我人生是什么
你看流水如何走
岸上的花它永远踩不到
水中的石头绕着走
击石浪涌是
流水潺潺是
封河的寂寞与暗流涌动的希望亦是
丰富是鱼群的游弋
水藻的温柔
鹅卵石是光影变幻的宝藏
大海的怀抱
是最后的归宿

爱上一座城

如果没有你
我不会爱上一座城
火车经过那座城
我望着那片绿意
没有你
我不能真切感受到
春天与寒冬
我爱的春风在你住的城
我爱的城
有你
才有我爱的春风

雁飞时

空中的空旷是漫天的天涯
又是一年秋来时
荷塘一只最后的虾
骊歌再美是唱给谁啊
眼泪止不住的流下
雁啊
你是要归去吗
雁啊
你归去吧
秋天我看着你飞
我看着你飞

写给世界的遗书

亲爱的世界
我不是你的宠儿
我咽下所有眼泪
如未来过
用死抹煞所有
我的爱恨情仇
世界
在前行的历史中
我追赶碾压了海子的车轮
如果无人收尸
我亦不在乎
请世界抹煞所有关于我的记忆
如果很久以后
有人翻看我的诗
请叮咛流眼泪的读者

立体派

我昨夜寻获一支
飞向太平洋彼端的帆船
像墨镜叔摘下深沉的帽檐
我在吉普车里
穿梭于只有草坪与溪流的
半个美利坚
目标是跳伞,冲浪和表演
伴奏是西班牙的毕加索
我们有了同样深邃的眼
立体派呵
穿件飞衣
冲向山缝间
我们不再会画圆

花若败

花开
蜂蝶
花败
黑色的世界
她是一朵花
她是一朵花
我是一片海
我是一片海
她
她
唉
我
我
花开化花败
情没了
搓手取暖
尝尝泪
告诉眼睛
不咸

黄河水你浇我的脸

黄河
你翻滚的水看不见我
我在这里
我在东方最矮的平原
我的痛苦是小麦
忧伤是麻雀
骨肉连着槐树的根
黄河水
你看不懂我笔下的画卷
我最年少的时候
未曾用你洗脸
黄河水
看到我脸上的泪痕了吗
那是千秋年轮
和此生岁月的肤浅
黄河水
你的哲学无人能攀
我跪在你跟前
求你浇我的脸

西风吹雨吹着芳草萋萋

西风吹雨
吹着芳草萋萋
漫天的雨雾你懂不懂
不要问我懂不懂
西风
哑了声音
世界与你往来
只瞪着眼睛
莫不是多情打在了冰
对了冷漠的世界
而错了脆弱的一生

来不及

我来不及
来不及看清你
我爱的是消失的风景
那些人一看就笑的美丽
来不及
心里的向日葵羞红了脸
所谓往事不要再提
是不相信别离
我若说醉了
脑海里只有一个你

神爱上神

王尔德写错了
莎乐比不是
国王的女儿
爱上了教父
而是神爱上了神
不是莎乐比亲吻教父的头颅
而是神领悟了神谕
天国再也不存在了

牵手

世上有朵花
寓意永不分手
世上有个人
我会因他伤痛
却绝不后悔
世上最爱流泪的眼睛
只为他流泪
世上最美
是你依然牵我的手

痛苦回忆

是否
是种
雪天
如卖火柴的
小女孩
一样
无助的感觉
我把星球
遗忘在角落里
原来
我爱的糖果
还不是真理
活不到三十八岁
看不见成人的世界
可跳到八十三岁
我不只有三岁
我只有三岁
回忆是后面的人生

如果

如果我是你眼里的伤
我宁愿不回头
朝着
远山的方向

如果热闹的
只是前世的离别
我宁愿
在漆黑的井
打磨
最后的生命

如果你希望我给予
缘由是恨我
我让眼泪
化作
粉碎的玫瑰
缘由是
我恨我

痛苦

我把痛苦
埋在太平洋的海底
在那双失落了爱的眼睛下
却不知把刀绞的心脏置于何处
你曾经的爱人已崩溃
你却不知道心疼
可无人能唤醒失落的人
我面对的
是冰冷的旧日魂

有的人

有的人
风雨是窗外的
眼泪在自己脸上
有的人
圆场的世故
是心外的田园
有的人
他的弱不禁风
只是硬挺时不自信的倾诉
有的人
给他一个温暖的暗示
我们就幸福一辈子
有的人
他曾经因你而有的不安和困惑
是此刻的淡定
有的人
我们不喜欢形容他
当安全感缺失而爆发
我们付出不生不死的代价

有的人
他说
我本性里有自私和眼泪
你能理解我吗
我忍着剧痛
一言不发
有的人啊
活着很累
但喜欢的人活着
他就想陪他活
有的人呀
他想使人都善良
却发现
都是
幼稚的
幼稚的
孩子
有的人
他终于好着脸
可我如何再信任他
我一定会再信任他

我睁大悲伤的眼

我想否定缘分的时候
缘分说你哭都会哭不出来
我哭出来的时候
你说你走了
我睁大悲伤的眼
你说你可能是他
我说是谁
是谁
哈哈
我睁大悲伤的眼
你说我多可怕
我说哈哈
把你的眼泪
流向我看不见的地方吧
如果我错了
错来这个世界

思想者

他在地狱之门上
痛苦的蜷缩
弯曲的脊梁
与坐着的姿态
是溃败
恐惧
与超脱
他只是一个孤独的人
要下地狱的
无法与他交流
他思考
人生
为什么注定是悲剧

问号

豆米麦枣
一锅粥
问号问号
问给糊涂的大脑
我们的真理不过是一句玩笑
逗不乐
真是再好也不想要
爱我别走
不喜欢呢
爱不是喜欢
我说还是算了
走一步看一步吧

艺术是什么

艺术是什么
她站在喜马拉雅山的峰巅
越富足的人越需要她
艺术不惜扮成叫花子
但她睿智的双眼
令世人为她端饭

你说你哭了

你说你好久
好久
好久
没哭过了
我看见你红红的眼圈
我看见溢满泪水的眼眶
我多想唱
亲爱的小孩
今天有没有哭
多想用我的泪
换走你的无助
我知道了
我们爱的多么酸楚
我们互相扒开的心
何时涌出
交融的血
你说你哭了
我陪你走回家的路

宋冬野,我在这里含着眼泪

宋冬野
我在这里含着眼泪
你的笔
划出我们的轨迹
我们不能一个劲坠入深渊
所以重握信仰
爬到崖上
他爱我的
他的爱
是你笔下的莉莉安

你说歌鼓亦是伤

你说歌鼓亦是伤
你说
没有往日流连
心里亦念念不忘
只好的爱情是不是爱情
放弃对方是捡起自己眼里的泪光
多少寂寞你深藏
多少伤痛的你的眸
映入我的眼眶
"我爱"两个字不打烊
我们的爱
让时间给出答案
哪怕
你不相信
我给了你故乡

你的裙摆

你的裙摆
非常非常的慢
像樱桃小嘴
哈出的气
你不知
昨夜的小楼
落了雪
你不晓
西天的云儿
还在飘
我握住裙摆的角
握住一池缥缈

歌中的你

歌中的你
如诗中的我
你歌里的受伤
令我心碎
而我的心碎
藏在诗里
不流眼泪的爱情
不是真爱
分手的爱情
不是爱情

花祭

如何挽花叶飘零
固执的哀求
也换不来芬芳
如何
不过是叹伤了的伤
给予尽了
也只得一缕雾凉
我还是不把
镜泊般的心陪葬
你很踉跄的离开我
我闭上
没有光明的眼眶

小二妮,上茶

小二妮
我是落魄的
花花公子
小二妮
我没有分文
小二妮
你眼里的澄澈
凝成一股伤
那也是我刀割的
心脏
小二妮
上茶
我把茶当酒
干了

命运

它是细流交汇成的
波涛汹涌的河
它是就此掷出的保龄球
它的结果
它嘲笑抱怨
嘲笑懦弱与退缩
它的声响与寂寞
伟大与平庸
拥抱你
镣铐你
你身下的领奖台
还是鲜血
在你于命运前的抉择

挽我的风

如果我决意抛弃
无人能挽留我
我不畏冷眼与嘲笑
不畏恫吓与排挤
不畏一个个的圈套
唯独害怕善良者的哭泣
那伸手挽我的风
挽我的风
觉得我的大手还能挺住
觉得高大的脊梁
还意味着保护
那是我不忍离开世界的决心

新年快乐

新年快乐
如果我没有说
我把它
寄托在了新年
新年
我们会爱得多执着
杞人忧天
是我笑脸上深深的酒窝
过去此时未来
我不信时光流逝
我信时光那一刻的灯火

浅浅

浅浅
是曲水流长
微起的波澜
一浪又一浪
我眼里
你寂寞
徘徊的思量
是远处
我轻叹的离殇
陌路
来的慌张
我对着自己
迷惘

雾蔼

我在看不见楼的世界
行走
和我对话的
是深深的雾蔼
雾蔼
永远没有答案
你希望有吗
如果我告诉你
它是延伸到你脚下的一汪鲜血

太阳照样升起

他如何吃下这颗子弹
如何微笑着放下笔
拿起枪
他是打不败的海明威
他确信
明天
太阳照样升起
原谅一个人的死吧
那是他梦寐的句号
原谅我挣扎着活吧
那是不死的信念
太阳
永远
永远的灵魂

十里桃花

十里桃花

桃花十里

桃花是逃不出手心的寂寞

桃花是不懂装懂的爱情

桃花是暗下带泪的抛弃

桃花是你

桃花是你的脂粉

桃花是

我在意的你

和我不在意的我

桃花是遇到你

和我的一辈子

生煎

生煎
就像我不能体会
宰杀羊时
观望的羊的眼泪
我把心
凑到铁板边
围观
一个很小
很小的
孩子
他昏迷中醒来
把我埋了吧
他就是铁板上的
生煎

就会有春花开满坡

送走无端的寂寞
再少等片刻
就会有春花开满坡
开满坡
满坡上站着你和我
醉人的梦
别人更多
我在远处
等你

有的人

有的人
美好只是一种痛
他站在天堂
还是平凡
与我无关
有的人
不是桃花劫
他是我深爱的人生
我寂寞悲伤里的光
是不死的理性
我没有名
没有钱
只有一颗心
在不流行善良的年代善良
在无人理解脆弱的年代脆弱

霸王别姬

哀伤的诗
是一个微笑
命运迎头打你
却惧怕你的正襟危坐
戏里戏外
休谈那些无聊
如果你得到
我和世界
同样沉默着
我们的眼泪流再多
留不下你
我们的梦
梦再好
无关人生

生死枯等

恨啊
恨投胎做人
飙得泪狂
你说情债
恨啊
恨的都是什么
什么值得恨
生死枯等
你不在乎我了
还是什么
还有什么
还剩什么

水火

我拿着我的花
你纠集全世界来压我
我谈笑的是
我自身难保
我还是不跟你计较
我不小心绊倒
才会败在你脚下
我只有心灵值钱
但是你把全世界的金子搬给我
我也不经营这单生意

木风

我又看见你
你再也不会搭理
吹过的风
化作木头
镶嵌其中的
花朵
我记得你用
南山南
木风吹过去
如果吹了雨
它一定错误的落在那里

良心

有人说
我要打人
在打他的良心
有人说
我要杀人
在杀他的良心
有人问什么是良心
别人说
你死就是良心
骗子
游戏良心
善良的人
顺应良心
受非议的人
叩问良心
问心无愧
冷眼
看着世界不凭良心

星星

星星
诗人握着你们呢
中国有十万个诗人
十万颗良心
十万个善良的微笑
十万个疯子
我却不希望人们读诗
你翻开我
在看世界的骨架
我牙齿咬着的花
是诗人的世界

三十年代的讴歌者

我情感看不透
就算那个所谓的呼吸
他会如何蔑我为阴气
我的知己
是无人愿抵的
善良
三十年代
我恰能讴歌人类的良心
爱国
是善良

多结

某人
你是我的结
我的人生多结
她叫
消失的我的手臂
我的口鼻
我数着第一个
凌晨三点
浅睡到天亮
我给我的心
烙上
你不行
我数着第二个
头痛听说
现在就是要
开颅敷冰
我欠世界一个
非吻
无人盼我绝迹

我却盼冰手
送上劣等的玫瑰

拜拜

撕裂成海的伤
你的年少轻狂
不是拜拜
相识前打住
冰封的心
太阳暖不化
黑白景色里的红伞
是流血的心
是失了温度的爱
失了温度的拜拜

逗趣

逗趣
做我朋友好不好
我是个不懂幽默的傻瓜
逗趣
再让我看看你手上的尾巴
为什么壁虎跑了
你还敢抓着它
逗趣
睡觉了好不好
玩多了你会头大
逗趣
岁月里
是我如水的
善良的笑

令你害羞的

不好说出口的
是你羞答答的脸
羞答答背后
魔鬼说
你喜欢好看又好玩的
天使说
玩具
诗人崩了过去

最大的沉默

智慧圆满的人
有最大的沉默
因为所有学问里
最聪明的
是沉默
沉默
留给世界的可以塑形的
问号

谢谢

谢谢啊
如果终将失去
为什么要喜欢暂时的拥有
你会牵她的手
生个孩子
拄拐的时候
回忆起曾经的忧伤
谢谢啊
上帝决心让我成为巨人
赐予我惨痛的分手
我微笑
迎接未来的路

网络文化

世界的命运就是这

二十一世纪

网络文化

逗趣的人

有了天堂

每个人心里都有一座逗趣山

逗趣

没多大用

但能勾引无聊的人

意

有人说
他欣赏于他有利的
我说
我欣赏对的
我善良的骨灰
宁愿献给同样善良的人
也不献给背弃良心的亲戚
我即便生在外国
我也同样慈悲如中国的菩萨
别人盯着我对世故的狠手
我盯着如何为艺术献身

如果我不是人

如果我不是人
我许会爱上丑陋的
丑陋的外表下
一颗暖暖的心
就像黑乎乎的烤红薯
它的金黄的瓤
如果我不是人
我的生命是倒着写的
所有爱情
都是从分手回到初见
回到一句
我喜欢你

最困的午后

最困的午后
哈
我醒着无聊的房间
过几天走
在千里外累的热火朝天
不给我拥抱
我也觉得
觉得啊
哈
天一暖犯困
哎
人间要迎来四月天
大热天不比冷的日子空气好

一杯酒

一杯酒啊
你再贴几层花脸
你还是幼稚的院中玩的小和尚
这一杯酒
告诉你
这是人生
醒了的时候
就断气了
一杯酒
它不过二两
它就是你再怎么强大都玩味不了的
你耍酒疯啊
你以为旁观者的眼泪还少吗
可我干个二百斤
照样上路

非凡之路

我幸运我拥有人生

不像猫狗苦于食物

我幸运我拥有真诚

不像深藏身躯的海蚌

我深信

每一种伤痛都是一种磨砺

我感谢

每一种善良

我爱土地和太阳

这爱是上帝赋予我的力量

我珍惜美好

寒夜袭来的伤痛不足以泯灭这珍惜

我的平凡正是非凡

我的非凡为了平凡

诗人有透明的心

诗人
告诉世界
我轻浮
幼稚
苦痛
迷惘
真诚
善良
谁让我的悲伤
逆流成沸腾的河
谁知道
原来悲剧
是一碗姜汤
我只爱
透明的蝶翼
薄却碾不碎的
忧伤

为什么爱,海子

为什么
为什么爱
海子
为什么
为什么爱
孩子
为什么不喝酒
为什么喝酒
心里伤心的不是宇宙
是语咒
你说
不爱
为何接受
碾压的火车头
面朝大海
是泪海
唉

我仰慕的诗人

我仰慕的诗人
只有仓央嘉措
雪域以他为笔
书写绝恋
佛妒良缘
人恨笑别
如果他是佛
我抱着他的法器
如果他是爱某个女人的男人
我为他们的爱情祈祷
如果
不过是结果
我一眼伤泉
看着这颗滚烫的心
穿越千载
炙烤我的心灵
仓央嘉措
只在
我们听不懂的藏语里

传奇

人间最美
是传奇
愿不愿造出个传奇
曲折而动人的美丽
你不等我
我就等你
梵音里
佛的寂寞
牵手虔诚的心
我在最动人的歌里
寻找你的足印

一滴茶

每天
我只需要
一滴茶
我恋安静的孤独
孤独留给艺术
茶是勿忘我的香
茶是永远的一千里
茶是
我描绘的
日暮

寒树

寒树开朵寂寞的凉
寒树的枝叶
摇冷漠的风
我不等变质的爱情了
我准备好满箱的血浆和肉泥
我用瓶子
收集所有酸楚的眼泪
关上绝望
在所有得了风寒的叶子上
贴上封条
我爱寂寞这一坛死水
把它从头灌到脚
我眼里的风沙
把夕阳的吻
变回嘴

韩美林的猴子

总是笑
总是笑的懵懂
脸上的圆
是美好
团圆
脸上的圆
是幸福
温暖
他说
我在丛林与天接壤的云端
你不来
我不去

你不高兴时皱眉

我想起
我小时候
所以打个叉结束这首诗
我说给不懂事的老师
对不对老师
我看见的是月牙湖
我错在把她想象成
满月的非洲湾
人都愿臣服于
明明单薄的理想
我只笑
这怀疑自己的决心
你不高兴时皱眉
哭的时候
所有艺术家
赞扬为美

笑脸太弱

笑脸太弱
你的美不是我的
我拾掇金辉
是一地的琉璃
我们说
不会不会
我在遥远的地方
遥远的依偎

豆芽

豆芽抬起头的时候
我刚收拾好行囊
每当我经过那个地方
距离总是很近
我总是想
此刻我看见的雨
你也能看见
我闻到的空气
你也能闻到
我们曾为什么在一起
我们又为何选择分离
我爱的人啊
你还好吗

我怎么舍得扔下你

我怎么舍得
在我没吃够眼色的时刻
转身带起一阵尘土
怎么舍得
你都不明白
形式是一辈子的真实
心向善的和尚不乐施
不向善的居士假慈悲
我做从头到脚的道士
你做抬着脚的孩子
我怎么舍得扔下你
扔下带不走的寂寞
可如果你用微笑
作为离别的暗示
我让老师
罚我读一辈子

乡愁

乡愁
晚霞边妈妈的手
一碗灼烈的酒
我漂泊的地方
都叫漂泊
我眼里的辛酸
是游子异乡的客
我没有带着
故土的土
却带着深深的热
我心里
只有浓浓的乡愁

感性向右,理性向左

感性与理性矛盾
肯定感性错
再聪明的人
逃不出这两个圈
不识人间烟火的人
会像上帝一样观看他造的物
充满物欲的眼睛盯着上帝
上帝就一句
我如果什么也没赐予你
你也会供着我

我要飞到天涯海角

我要离开
为了与你的相识
我要飞到天涯海角
我把痛苦
藏诸故乡的热土
我死后的归宿
是太阳的烈火
我信最美的童话
我要飞到天涯海角

小小的小孩

小小的小孩
远去的小小的小孩
你是否还记得我的名字
一脸脆弱的女孩
她的每首诗都叫感动
她的每滴眼泪都写着伤怀
我手没能暖在你的胸怀
逝去的岁月
你我已忘却那些不能重来
如果有一天你回来
容颜已老去
你会看到
我的爱
还在

一定是

你一定是不在手机旁
我分了手的男友
我生命中
多了几个
摩羯的男人
我一定是自作多情
在用药水擦伤
一定是心灵
听命运连线的感应
如果有缘
你就掉一颗星

要苹果要樱桃

要苹果
还是要樱桃
要苹果就丢了樱桃
要樱桃就丢了苹果
我说
要果核
咬掉牙齿
把血和果核吞下
我知道我可能
无所获
手中的眼睛
是硅胶做的可怜
我却明白
我们是没有合圆的
地球的两半

奶嘴儿掉了

诗人说
我不干了
因为我想写奶嘴儿
写奶嘴儿掉了
稀里糊涂的婴儿
嘴里咕噜出
稀里糊涂的奶
摇篮曲睡了
月亮美滋滋的
美滋滋的

支吾个

支吾个
把往事的错
人生的醉
放飞天边
有个人
有个人
变了又变
还是他
就当人生荒诞
荒诞里
我守着真诚
独守孤城
一百年

别笑,看你痛苦成了什么模样

别笑
看你痛苦成了什么模样
你看他寂寞的
什么能困住寂寞的心灵
但是也别哭
我们的生活
培养
变态的适应者
别想轻易逃
砍不死的
都是巨人

啊，我们

啊
我们
笑的时候不勾手
哭的时候不分手
你需要
糖果
我正筹措
开一家糖果超市
有摄像头的地方
你尽管朵颐
我的私心叫快乐
可惜我还是
不吃棒棒糖的三毛

情

这是谈不久的
只能放久
底线是失去
鲜有执着的人
可是如果你执着
就等
等就是一种风景
所有爱情中的人
都是善良的人
所有等待都是值得
所有信任
都是要经历考验的

天真的荷尔蒙

起风

站在洛洛的门口

却不感觉冷

我迟疑着

却思念醉人的红颜

你是男孩

可这有什么

那夜的梦中

你微笑

我却心痛

朋友

这是幻境

我是一颗世上最孤独的种子

想在天堂萌芽

却始终

不曾

人间的路

徘徊着我的脚步

催眠的小夜曲

催着我的泪眼朦胧
别了我吧
亲爱的世界
我的口袋装满了痛
别了我吧
心上的人儿
你我是擦肩的风

爱是山,爱是山

爱是山
背叛是眼泪
背叛是苦衷
她如何不想再爱的深
她如何不想深埋心中的痛
我深情望着的眸
写满矛盾
爱的人
不会成为敌人
爱是山
爱是山

理想不是给自己构筑的

真正的理想
不是构筑给自己的
我心里装着所有人
就是最大的满足
真正的理想
我心里装着你善良的笑
我的智慧撑起你心中的向日葵
如果你悲伤
我让我的悲伤给你安慰
如果你快乐
我让我的快乐在旁边伴舞

你

我们发现

所有智慧在你面前沉默

学问深的教授

与初涉学海的学生

都拿不出观点

我试图千万次的抛弃你

抛弃变成废墟

我试图千万次的贬低自己

贬低化为残迹

我试图因你千万次为自己辩解

辩解徒然无力

你杀了我

好吗

我不愿知道关于你的一切

就像别人这辈子都没遇见我

我害怕上帝了

我害怕世界

世界说

我遇到的美丽

株连了我

我们的诺言

我们的诺言
你信不信
片刻之后
她牵别人的手
我不知道
这样难道还能
一辈子
是
一辈子
有她的
联系方式
她快乐时
不用和我分享
需要我时
眼里冒出点欲望
我说要约她出来
她说
忙

宠物

上帝
原谅我把它从食物链中
救赎
尽管这生命
并无高贵于其他生命之处
我爱着另一个世界的伴侣
虽然它不能完全分担
我的忧愁

雨在下

雨在下
是否有人
记得落日旁的我
落日旁
一张写满惆怅的脸
我的朋友
你是否牵走了我的导盲犬
它有一张可爱的脸

雨在下
我在秋天
有人把吻痕忘在了
一片落叶
我在落叶的背面

诗愣在那里

诗愣在那里
贴着标签
我是金子
农民说
金子我可不敢要
有钱人说
金子我多的是
工薪阶层说
看不懂
诗说
你们以为我想把自己给你们
明明是你们不愿意做梦

伤透的心

我在奈何桥徘徊
彼岸花火红
你眼里的真与假
是我眼里的泪花
若情不在
你还是走吧
我伤透的心
经不住了

岁月卷起笑颜如故

岁月
是你不老
我不记得错过
我饮酒
笑你诙谐的笑
你依然默然
我静待君亦老
君老时
我自私的甩开世界
我会逗趣的
故作认真的
留下一句
最后的温柔
我爱你
老头儿

梦

梦里
微笑的假
微笑的不是她
梦里
眼睛朝向
心房
快乐和悲伤
是寂静流淌的
血浆
你说你去过
最美的地方
是淌着红水的地方
你投进的石头
没有测出深浅
我瞳孔放大
解决死亡

爱自己的手指

诗人
哲学家
堪称
自私之王
金岳霖
只需要
林徽因
智慧妄图
周全需要携手的
理想
如果三个字的话
娇艳智慧
触及人心
她图谋的赞
丧失文人的信仰

坚强

有人说
坚强是跌倒了再爬起来
我说
坚强是世界压在你肩头
你却笑颜如故
我说我不会哭
不是哭得不止而吃了药物
而是我的内心坚如磐石
没有什么能击垮我
架在脖子上的刀
也只能得到我的一声笑
我坚强得变态

他快乐着别人的快乐

这首诗叫句号
所有伤怀
给叫背叛的词
如果失去
就当从未拥有
如果从未拥有
就当不该拥有
他回他的生活
我回我的人生
因为
他快乐着别人的快乐
这告诉他对我的冷漠
什么都是假的
因为不爱

右脑

如果
曲线属于上帝
右脑是曲线的纠葛
需要给她耳光
可她也不过是清醒到
傻笑的模样
右脑太喜欢鸟的毛
犀牛的角
我沉默成一片泥浆
需要我站起来
我扮作拿笔的
负责的画匠

你愚钝着头脑也挺好

你愚钝着头脑也挺好
成为你不容易
如果都是你
我们也有足够的勇气微笑
我们对斑马
总是你眼光里的不解
不解化作眼泪
你是哭得最调皮的一个

歇脚的港湾

有时
是不得不远去港湾
内心
被遇见
加了砝码
听歌
我只听见哀婉
幸好
再多的风沙
挡不住依然的相互陪伴
我的港湾是诗歌
疯了似的
不停的写

秀才遇上兵

秀才遇上兵
兵一个坏笑
说你想要这
秀才说
我能跑吗
兵说你是去找更好的
秀才吓的目瞪口呆
兵还不罢休
说道
我知道你聪明
你的聪明
无非是指哪不打哪
秀才昏了过去

最不幸的熊

最不幸的熊
曾经太幸福
熊耳朵里塞满鲜花
熊嘴里插满棒棒糖
熊眼睛上贴满心形的标签
熊心熊肝装着星星
他不懂珍惜
他没有熊爷爷的教导
他开始的太早
所以不幸的句号
圆满了他的梦

灿烂在一幅画里

灿烂在六月
灿烂遮住蝌蚪的污点
泥土过于芬芳
我是长着鸡心的小矮人
步履
跨过所有负累
我追求的玫瑰
是塑料做的傀儡
我爱所有的不完美
我爱所有的忧伤

在青藏高原西北角

我梦都把梦梦碎了
我就想躺在青藏高原西北角
雪崩的雪埋压我的身躯
血脉冻成冰条
世人
你猜我还会不会回到你跟前
看你时晴时阴的眼色
开玩笑
宇宙陪我做梦呢
你在一万公里以外
对着灯
大叫
吃药

边缘人

躺在草垛上的人
洋溢着笑
他说
打也不行
喜欢也不行
她跳到泥浆里
一点点陷下去
光芒如同任何人的不能体会
诗人很爱你啊
他说
你要是男的
你会杀人
可你是女人
你只会让别人受不了
诗人说他比医生聪明
只是
你起码听懂我的话

我知道他一直都在

我知道他一直都在
他站在我旁边
小脸脏兮兮的
鼻涕滑到嘴里
腼腆而真诚地笑着
他眯成缝的眼写着好奇
我把他从沟壑纵横的小村庄
带到平坦的城里
他站在我身后
内向的沉默
我说别怕
我就是你最坚强的依靠

是否

是否听到我的话
心里再无悸动
是否看到我的痛
再也无意心疼
是否说过冷的话
决心更加坚硬
是否不分手等于分手
距离远得都不算朋友
是否爱的人换了人
不爱的人不是人
是否自己的快乐是上帝
某人的快乐是多余
是否一个不客气的眼神
可换来心里的满足
是否不绝情到彻底不理
就可以绝情到冷漠到底
是否微笑和热诚消失于散热的风
听不懂痛苦因为自己太无能
是否

是否继续这两分钟
哭完了笑了
是否是冰更冷
我轻轻地轻轻地叹息
是否你说的做梦
是你永不知解的伤痛

真心

我们
相信会一起到老好吗
即便
人生富于变化
如果你牵了一个女孩的手
有了婚姻
忙于与她私语
告诉我你还在我左右好吗
如果我们失去真心
爱情成了叹息
这难道不是最大的折磨

最像你的人却不是你

如果往心里
倒一杯苦水
让它映见破碎的回忆
回忆里的你
是依然的可爱
还是心痛的流泪
我见过无数的人
历经无数的缘
见到了最像你的人
最像你的人却不是你
我试着去感受
觉得爱是我曾经的爱
人是你灵魂冥冥中的延续
最像你或许就是你
你心底何时听得懂我的眼泪
那句被说破的誓言
终随掩埋我的黄土
化为沉寂
谁能堪破命中缘

谁会再忆起
有哭有笑的悲剧

不如一乐

我以为
留白是艺术
原来
别人不屑一顾
是因我还没成为大师
我一边端着
卖小乌龟的饭碗
一边筹措
开个艺术馆
我不能吃救济
却可惜
谁还需要
买苦粥型艺术品
那就
在讲台
喷出
弱水三千

致我不爱的人

这朵冷蓝的玫瑰
开出寂静无声的伤痛
我发觉每一种喜欢
都是上帝赐给心灵的悸动
我的微笑不是这份悸动
我怀着深沉的友谊
握住你的手
我对你不只是尊重
我一定爱你爱我
我珍藏无声的感动

哈哈

我心的死角

写着哈哈

包容的

幽默的

我眼里

捡别人撕碎的信仰

会懂某人的怀抱吗

冷漠花

冷漠花
我说你听吗
你的芬芳
你不情愿的假
我们遇到
多少佛的戏弄
我眼泪空为镜中花
却失掉
曾经的笑
你的冷漠是你的
对自己的爱
我心里看着装傻
也是真傻
我不问佛
我死了
揪佛的耳朵

顾城，我躲在山洞里和你对话

顾城

有人说

你和海子最会写诗

一个让火车轧自己

一个砍死妻子然后自缢

我说

都不是善良的疯子

心里柔软的

诗里有再多的血

也不敢见血

我只能躲在山洞里和你对话

你的眼神中

所有的理性里

缺少宽容自己的想法

让昙花寂静的飘落

我无法
我无法再忍受
伤口的疼痛
我承认
我承认爱已经
坠入了冰河
我要让昙花
寂静
寂静地
飘落
如同从未开过
一样寂静
寂静地
死去

有病

我这样
碎掉
这句
你的
水流向
不需要你的
地方
你开着太阳花的阿尔
和我家里的
水仙
有关吗

长着会说话的眼睛的天使

她是一个
长着会说话的眼睛的天使
但无非
是像双鱼座的人
盯着最大的西瓜
寂寞一点点削弱她的活泼
翅膀沾染了灰
她说
我会死去
可我死了
还是长着会说话的眼睛的天使

悟佛

默然虚空
由来此境
凡尘俗念何必有
一心向佛记无形
虔诚
守孤影
终老
听天命

强扭的瓜不甜

强扭的瓜
不甜
你忘记我的时候
我在天边
你想起我的时候
我在流年
我们静静地
忘记相识
眼泪化作
粉红的花瓣
瓜熟
就坠落山涧
浪涛能给你快乐
我们永世不再牵连

如果

如果有来生
我希望我永世
未出现过
如果叶不知痛
我愿做
一丝最不显眼的叶脉
演员的痛
可会如此深重

血光

我笑得肚子疼
为这么一说的指代
聪明的人
不是聪明
是有境界
自信的人
是否自信不要紧
要有才能
血光
实在是不容易的事
有人忘了太多
别人的身份和背景
也忘了
自己的人性
社会的规则
才会想
给谁造出血光

我的沧浪之歌

我想走出深巷的青石板路
我想撕破闪着光的丝绸
我想把寂寞埋了埋了
你侧过去的脸只懂伤痕
我想让你把我忘了忘了
我歌我最后的悲伤
我的沧浪之歌
你背过身给我个拥抱吧
我们就此决别
就此永别
你眼里寂寞如火的泪
是我痛如刀割的心
我们互相带走彼此的呼吸
还光阴一句告别
我歌我最后的悲伤

花心

朋友
你闭上眼睛看到的
和我看到的一样
弗洛伊德说
人害怕的
是分饰两角
我用聊友和爱人
让自己不违抗良心
如果我们变了心
不管有没有别人
就是花心

错观

有人
以为我只能看见鸟的毛
而且是最鲜艳的一根
有人
以为我只把事情的边角
说的透彻
我哈哈大笑
你的心
我全看的透彻
而且全是你不能不想的
诗人脆弱着你的脆弱
坚强着你的坚强
聪明着你的聪明

鸟

鸟

清晨的阳光听到了你
听到了你软绵绵的妙语

鸟

我知道你在谈你们的爱情
可我忍不住要笑

鸟

我看不见你羽翼下的躯体
可你或许愿把心剥给我

鸟

你飞过的天空
曾有过多少七彩又黯淡的梦啊

没有一种痛苦可以阻拦

没有一种痛苦
可以阻拦我前行
没有一种痛苦
可以让我永陷污淖
我不惧怕最爱的人背叛我
我没有怨言
深埋我的痛苦
我永不畏低垂的太阳
我永不言弃

会不会有一首孤独的歌

我仰望着那个歌者
他能否以他的悲伤
写一首绝世的孤独
百年的孤独
留给孤独者
人生如春雨后的干旱
在干燥的世界
会不会有个歌者
献一首孤独的歌

风筝

你是风筝
身下拴一条游逸的线
你傻笑着
云里飞的快乐
心里忘却线的捆绑
线很长啊
像一辈子的光阴
像天涯海角的距离
如果你不挣断
它就无限的延长
我们差着时差的相遇
是小矮人的碰面
你不懂我
我却爱你

我见过最伤心的爱情

我见过最伤心的爱情
尚未见面
即告分手
我见过最伤心的人
攀到树上
去了天堂
我寻寻觅觅
找不到永远的怀抱
我踟躅前行
泪水渗进毛孔
最伤心的爱情伤了我
我却不愿放弃它

你

多少叹化成
多少乐凝成
是你
多少影
多少脚印
是你
我斩断我的所有智慧
为你
你走远
却回首
那是如歌的温柔
把孤独摺给我的
不是你
我回首
你还在微笑着哭
如果那个人的手
热
我寄托
祝福

劳佛特无眠夜

今天
我幸福的掉泪
好几首诗
被安排发表
就像我的子女上了学
有个诗人关注了我
他是劳佛特上的诗人
我头很晕
这是快乐的晕
无眠是痴心和任性
却也如暖春时节
酒后的酣然

天边夕阳一个八字胡

老师说

完美就会有缺憾

有缺憾才叫完美

我镜泊般的心

需要露出养鱼的杆

明亮的双眼

需要一丝慈悲的忧伤

中国的大地

挺立一座座绯红的农房

我坐着火车

欣赏我们的理性

豆苗

豆苗啊
你在我就安心啊
我在千里之外
用眼泪浇花
我知道你看不见

豆苗啊
我们谈了不分手的恋爱了啊
如果你想知道答案
让时间去回答吧

豆苗啊
岁月开尽了玩笑
如果
你轻叹了这缘分
我沉默着
作罢

我们不懂得

我们不懂得心灵感应的眼睛
交代了多少流泪的真相
我若爱一把辛酸
你伸给我一只手

我们不懂得交欢
蒙尘的眼无欢可言
我依然记起脑海里的一片
那是你的眼

我们不懂得
沉睡不叫作罢
如果眼泪化作片刻的幸福
那就是永远

为什么不断

为什么不断
伤害如此深
你还有什么留恋
刀在你手上
我们一定断了
是我还在造海市蜃楼
我让眼泪化作什么
是怎么了
你若彻底决别我
痛苦只有三个月

你的命运

你问
为什么你的命运
别人可以决定
我说
因为前辈们
决定了世界
诗人从来不问任何烟火
她笑说
我作为初中生时
就希望以死写诗
逗趣的人开不起这个玩笑

被踩落的信仰

一声叹

断与不断

对灵魂倾诉

绝然的背叛会使人

痛不欲生

信仰

信仰

握碎它

便失落心中的天堂

原谅

原谅曾经

挫折面前不争气的泪水

原谅我这半生

执着的付出

回报却总细微

原谅我的懒惰和自以为是

原谅我无法弥补的失误

原谅于你或只是一种无奈

像这好像诗意的文字

永远浸泡在秋雨的咸涩里

原谅

却不等于爱

秋叶你往没有树的地方飘

秋叶
带着你留在心里的最后的欢乐
往没有树的地方飘
不要相信招手的枝
没有人会对你好
秋叶啊
不要逆来顺受
那不是你的本性
如果没有人给你怀抱
也不要屈从于卑鄙的人

马頔,放开海咪咪小姐

海咪咪小姐里
原来有秽语
现在
我们把它藏起来
海咪咪
一定悲伤的
忧伤的
知性的
窈窕女子
你放开她
让她回到她的生活中

有一个不一样

有一个不一样
别的都一样
不一样是幼稚的生命
看不见大树的冠
大树的手
所以也牵不到她伸起的手
是我的胳膊长的高了
或是你的胳膊长的矮了吧
一棵会变矮的树走来
我看见你的笑
挺好的啊
我们不是一片平地上的朋友
那个会变矮的幽默
我也看成幽默
就这样吧

银制并蒂莲

如果
爱被点化
她如春风的优雅的花瓣
可也似疯狂的巨蛇
拼了命的向她生长
银色的奢侈的梦
渐渐暗去迷人的光泽
她可会因此感伤
采莲的姑娘
吟着唐人的诗
微笑似又不解风情
我黯然神伤
因为两个银色的并蒂莲
都静静躺在我手中
莲花啊
开向她啊

你需要沦落的信仰

你需要沦落的信仰
沦落的非洲的霸王花
把臭当成香
你不要目光的纯洁
你要内心的肮脏
我给你
我给你我的流浪
我给你你的毁灭的怒放
我不谈高尚
这样
你会放心的以为
我也一样
我难过的泪水
遇到了麻木的抵抗
遇到了扳开闸的手
你需要
需要信仰

飘

野的意境唱出悠扬
我能想象最浪漫的事
最浪漫的事
脸变到不能泛红
微笑是满脸的褶
我们不能等到那个时候了
我的沧浪之歌
注定了我们的分离
天涯
海角
冗长的岁月
不知君亡故
犹作长相思

写哀伤的诗

写哀伤的诗
写不能平复的伤痛
写我爱的人却不爱我
写透过窗帘的阳光的熹微
写没了鸣声的鸟

我如何嚼碎痛的石头
如何孤枕到老
生活的动力
成了坚强

回眸一笑

回眸
是你的一笑
回眸是我的对不起
我心里
自卑的灵魂
险些
再次书写错过
我有多少
不明的智慧
我有多少
碾碎的蝶翼

有一种力量

有一种力量
能使所有人如跳海的旅鼠
没有人能回答为什么
有一种力量
使跳跃的脑电波
成为爆炸的心脏
有一种力量
让我们承认自己有罪
我们的安全感
来自活在真空

失落了信仰的酒歌

一首祝酒的歌
一汪泪眼
你喝啊
信仰它去了
世界上
哪里有爱情叫真爱
世界上
哪里有心灵叫真心
喝下吧
毒酒能给你深沉的安慰
毒酒能烧尽所有的执着

这棵红槐

说什么都没用
你就信
你生就长在心里的红槐
上帝和黑客
关注你
这是带着面具的宇宙制造的游戏
供人玩乐的
有人说
你报复美丽的自然
我说
自然生了你
生了一定智商的你

结束了爱情世界

结束了
那些相逢
真的是太美好了
有人还和我
流连于
于我已是最后的
伤或乐
真或假
流连
我哪里会流连
我沉默着
世界如此安静

泰迪犬

我始终觉得
你在笑
你不能被打到
像你曲解伤痛为撒娇
你是一只奇妙的泰迪
聪明　幼小
泰迪
你如何安排爱情
如何安排死亡
是不是探着小舌头
说
我爱
我爱
我不死
我不死

逗比没有爱情

诗里有逗比一词
破天荒的幽默
逗比谈爱情
是可恶的灵魂
愚弄信仰
我也许会失去逗比
逗比却清楚心中善良又是什么
造物主公平
不明白他的意思的
早晚要扣问良心

诗人疯子屠夫

诗人

疯子

屠夫

来了场巧遇

诗人问疯子

你做的梦跟我的不一样啊

我没有外星人题材的诗

这是为什么

疯子说

屠夫宰羊把我吓疯了

屠夫说

可我们人得吃羊肉啊

诗人问

那小羊的哭呢

屠夫问

你说怎么办

诗人说

你想想人该怎么办

不看见不美好

就足够了
已经看见了
所有都交给命运

古董

有人说
不值钱的袁大头
我说
无价的沧桑
泣出声
是那段历史
亡去的
仁人志士
我们安于蒙昧
不慷慨于
真与善的
澎湃

我留下一桌

我留下一桌
你来
我和着欢笑拿筷子吃
你不来
我和着泪水独自吞咽
我留下一桌等你的
等你的鱼香肉丝
等你的清蒸鲈鱼
等你的糖醋鸡柳
等你的玉壶冰心
等你的我的
你的
紧紧的拥抱
我看破了人世的缘
唯独没有看破
跟你的缘

我看不见

我看不见
我看不见你的内心
我知道你伤心
可我完成不了向现实的跨越
我们的世界沉默吧
如果一百年后
上帝说我最该爱你
我等时光倒流

无形

我不是李迪
是一颗心脏
左上的星星
右下的天秤
你不是你
你是一只羊
头上两根树根
左前受伤的蹄
右后陷进彩色的泥浆
我们没有人形
只有活生生的善良
上帝说我们笨
可他未必知道
他不可知的思量

寂寞迎来新世界

诗歌里没有诺言
我却许诺
寂寞
迎来了新世界
如果不谈如果
就当多少岁月后
垂暮之年
你依然望着
一个不感兴趣的头像
我快乐的
沉入永夜
擦肩
是没有开始的结束
我的摆脱
伴着音乐
等着时间

开的玫瑰

开的玫瑰
是
不是
你
微笑的泪珠
如此可爱
开的蓝色的玫瑰
把爱
轻轻诉说
故事已泛黄
故事里的人
牵了别人的手

嘿嘿

她说
你活的真好
她是我亲戚
她说我不给她拜年
不叫她
而且我是疯子
哈哈
嘿嘿
老巫婆让我叫她
我说我要金子
你给我我为什么不要
嘿嘿

什么不是暂时的

诗人眼里
什么美好悲伤不是暂时的
什么
都不过是闪烁不定的星光
什么会真的受人左右
什么不自信
都是伪装出的不高明
什么自信
都是一个麻痹自己的念头
我什么
什么也不会搭理
我做诗人做的事情

故人心易变

人生
若只如初见
人生怎会
只如初见
故人心
易变
我留一叹
古今多少
为此陨
将梦流连
多少悲痛
罩着
潸然的脸

年历

年年
外公都让母亲
从县里
捎给他一本年历
红色的皮
端坐的财神像
年历走了
无数载
吉凶祸福
一页页撕去
外公走进了
墓冢
年历
是哭红了眼的
纸

吾境

错
是微笑不开口
我可有爱情
我泯去一切功利
为了与人
简单相处
我想
回不去的故乡
心里
不知未来的缘

变桥上的相守

变桥上
留得住寂寞
留不住你的微笑
守得出时间
守不出爱恋
不说再见
你也听不见我的晚安

家乡没有我的草

家乡没有我的草
家乡的草说
何处会有你的草
我踏平荆棘
捡到的仍然是荆棘
我经历寒冬
等来的依然是寒冬
我重回家乡
看着芳草萋萋
想着
家乡没有我的草

轻歌曼舞

轻歌曼舞
酒醉之后的徜徉
眼前天旋地转
就当什么也看不见
耳畔歌藻浓艳
就当什么也听不见
脑浆里只悸动着狂欢
世界与我何干
世界与我无关
谈什么对谁喜欢
轻歌曼舞
远离尘世的片刻
轻歌曼舞
遮掩苦痛的白烟

诗人的死

有人说
诗人饿死
社会的悲哀
我说
诗人不死
如同走路时
土地供给营养
诗人若闭上眼睛
是睡去

南方不是特别冷

南方
我听你口里的
南方不是特别冷
我手里是你的呼吸
你听不懂
我也只说给上帝
如果你那是三度
我这里是零下三十度
不过你会把我抱过去

默

蝴蝶若飞走
远去矫情的温柔
我默
我判孤寂
没有歌声和奇迹
你的眸
是我灯的白光
是我锄头上的故乡
躬耕的
八十三岁
望着你的
七十六岁
谢谢你的皱纹
让我明白
当你老了

勿忘我

勿忘我
我甘拿生命作粪土
甘拿光阴虚度
眼眶里
他人的叹息
我步履
蹒跚
蹒跚又踌躇
思光上帝予
非死不可变
勿忘我
痴心是对
曾经的你

口味融合

小时候
妈妈把食物嚼碎
和我接吻
她唾沫里的慢
她唾沫的黏
是我一生的眼泪
我躺在十六岁的温床上
作为不是人
抚摸她的乳头
她皱起的眉
恍惚了
我的人生
和人生

古铜钱

古铜钱
他说他被扎着长辫子的人
从模子里拿出
他被作为俸禄送给戴乌纱帽的人
他被戴乌纱帽的人放手里把玩
主人面对浩劫无度的历史
把他藏于地下
地上死了亡于刀下的人
死了亡于枪下的人
死了亡于饥饿的人
他的眼泪是青色的铜锈
他的挣扎
是永远的沉默
他是历经沧桑的过客

春风依然

春风依然
你失落了天真的眼睛
我只想微笑
亲情也能上法庭
何况没有血缘的东西
人间
我冰心一片
你若玩弄岁月
我便玩味人生

黑客的眼睛

所有东西
在我这里很简单
如果黑客看
盲人摸象
走入别人的世界
不是那么容易的事
你受伤时的感觉
跟我受伤时的感觉不一样
从语言里如果听出个复杂世界
你还是不了解我
因为人
都是时时处处不一样
我吃饭的时候的心理
跟站老师跟前的心理
能一样吗

放弃诸葛亮

我与一个女孩
四目相对
她信任
敬仰
又怀疑
我何必
告诉她
苦是人生的真谛
何况我
正把苦泡在酒里
微笑
放弃诸葛亮
诸葛亮
只喜欢
上乘的毛笔

原罪论

我是基督徒
做了错事
更相信是来赎罪
更无权伤害别人
我虔诚
接受上帝的安排
所有福祸
是无需我做主的
我听从我不能改变的祸
享受我在上帝看来可有的福

人不回归善良

人不回归善良
就加深世界的不平等
诗人对受伤的人关爱
喜剧演员就对受伤的人嘲笑
喜剧演员嘲笑诗人的眼泪
喜剧演员嘲笑诗人
嘲笑良心

爱如刀剑

爱如刀剑

挑起辛酸

刺向心口

我骨头里

是否长着爱的禁忌

或者头发里

有令爱惧怕的背叛

我不甘

却只能

看着心被刀剑捅着

我没有痛苦的眼泪

只是因眼泪

不懂我的痛苦

活着

当成最后一口呼吸
最后一口呼吸的时候
你最善良
我为思念的村庄
死
我也为思念的村庄
活
我爱诗人
他们多出来的善良
是我酸楚的眼泪的狂

愚路

愚路

所有绕到诗里

再绕回所有

诗是美丽的感情垃圾

所有不是逆来顺受

是忍受

更是讽刺

我又不怕什么

我的资本跟山一样

如果老来发现活的很浅

也一股脑认定

这是人生

宫姬

他
目里
蝶之断翼
是往事的余音
凄凉
她簪为谁插
舞为谁舞
伤

诗人最懂悲剧

诗人最懂

拔光了毛的鸟

懂薄皮下的心脏

诗人同样理解

温暖的笑

是没有杂色的朱红

诗人眼里的悲剧

是冷若冰霜的热情

诗人拥着文字的财富

却穷的只能痛哭

诗人最懂

杂着笑的血丝的悲剧

死时的叹息

叹于人生之某刻
不如叹于死时
能有多少人
回光返照时梦的都是快乐
这一叹
是对荒唐的一生
这一叹
是对世界完全的包容
叹息时
会盼地狱的烈火
会盼鬼卒的砍杀

哭红眼睛的鸟

哭红眼睛的鸟
眼泪不为谁流
世界乐与她交流
她说
我不与世界交流
我等羽毛换新
我等果实成熟

构想

我说构想

坐在最后面的那位

就大嚷

痴心妄想

我说行

你在讲台上

给你粉笔

三个小时的时间

看看别人认为

谁是老师

一粒红尘

每个梦里
总有一粒红尘飘近
又飘远
我伸手欲拦
她却绕开飞离

每个梦里
总有一粒红尘
闪过一抹微红

委屈,听宽容一句话

委屈

听宽容一句话

世故与自私不懂善良

微笑

因为你没有受伤

善良本就没有伤

儿童的天蝎摩羯

也需要

沉默和思量

宽容

宽容告诉你

善良的肚量

石子

评委说
都太好
要挑个最小的
体现他们的水平
石子一个个
哈哈大笑
一个说
我是不穿衣服的罗汉
一个说
我是骑毛驴的佛
我说你们是
只有人能听懂的寂寞

零途

零途
迷途
爱的人自会来
不爱的死不爱
温柔的
寂寞春秋
不让泪水
泪水不要流
多情的诗
留给远方那个人
回首时的驻足

啊啊

啊啊
啊
原来没有我
真的没有我
那个一本正经的小孩
吃了一个没有水果的奶油蛋糕
到
倒
到
来伊呀

心如死灰

我们互相骂完了
你没遇见我
不会体现卑鄙的灵魂
有人问
爱情
欺骗
利用
辱没人格
还会好吗
我说
你信它的好吧
漂亮的笑话
你信他的真吧
他不在乎你了

岛

他年
是否有座等我的岛
椰树叶子舞动着海风
螃蟹赤着脚在沙滩上爬
我在岛上
等经过的船
不上船
不招手
我在沙子上
写下
我爱我自己
等浪花收藏这话
等我死在岛上
让太阳洒下祭奠的花

新年

走过一年
抽了个跌眼镜的新年签
我倒觉得
通过心理分析做的抽签活动
对我没有意义
能打动我的
只有一个人的真诚
能决定我的
只有我自己
能圆满爱情的
只有都坚守誓言
能抓住好运的
只有智慧
能使自己天天快乐的
只有热爱生活

啊，嗯

拥着五百万的寂寞
手没牵
手指勾着
我用勾了的话
还不跟谁的都一样
啊
嗯
你不忍说的分手
我不看成你的快乐纠结
诗人是多情种
我宁愿不思考关于你的一切
只知道
有个人
要真心对他好
若说我怎样
谁不知
世故中
不搭理就行了
不搭理就是永远

世界如此安静

世界如此安静
过客比同学冷漠
我眼泪里
是取笑自己的人生
世界上从来没有感情
有的是欢乐的玩耍
不是我的
我从头脑中删除
我是李迪
永远单身的诗人

我捅你一刀你还我一刀

什么
不可理喻
如果没真心
你别说你是不懂事的人
难得让我对你
这么不信任
这么恐惧
你造的事若是赐
你
我不信你一点不难受
我忍了多少
你
我付出了多少
你
我会用放手和继续这两个词吗
你还是自己随便吧

父母果

父果
闭着眼睛
他的直觉是对的
形式是朦胧
母果
睁着眼睛
她的外形是美的
内心是复杂
父果母果的儿子是我
可我不是父果母果的后代

黑客呃

黑客呃
对的错的
我都认是你干的
我们不黑不白的
心里的良心为何要蒙灰
嬉笑的面具
不惜鄙视善良的人
我若与你有仇
你站出来
把我驳倒
或者使用武力
你这么恶心

好冷的时候

我好冷的时候
你会不会抱紧我
拭去我头上的雪花
用你的心脏
温暖我的心脏

我好冷的时候
你会不会
抛开诺言的虚伪
忘记世界的繁华
像初见我时那样善良
吻干我脸上的泪花

我好冷的时候
只记得你曾经的笑
只愿牵你的手
去看草原上的野花

一部叫善良的小说

所有想保护的疯了
它会与
多大的纠缠联系
它会涉及多少
保护者自身的利益
它会与
多少恐怖的压制
抗庭
所有想保护的哭出了眼睛
有的麻木的
站在善良的对立面
因为他们无力的看到
善良被逼成了
恐怖的善良
所有想保护的
用尽情商
不能与想压制的交流

十二首歌

十二首歌里
是你的眼睛
我提着篮子去接
盛不下你红色的泪珠
你摸摸我的心脏吧
看看几个月来
是如何与你的心脏发出和弦
再放下你的柿子

我许给你什么

我知道
这个时候幽默是耻大到不能述
我知道
我看过的电影
我不说
我相信微笑着的
会永远微笑的
因为我能与你
永远微笑
寂静了的时候
你会觉得是散了吗
如果见面
牵手一辈子
我的一切都是你的

世界里找不见我的影子

世界里
没有我的一草一木
我听不懂人们的语言
我读诗时候
他们读苹果几斤
世界里
善良的人却懂人情
朴实的人喜欢传播流言
我伸手想拿一份自己的蛋糕
温和的母马变暴戾的蹄子
我悲伤想得到来自别人心底的安慰
却看到冷漠的眼睛盯着剩下的几杯
我不想说谁不好
因为似乎需要将两个极端并在一起说
世界里找不见我的影子
我是树梢上离枝的那片叶

阳光依然

阳光依然
不要盯着失守的爱
阳光依然
照你的眸
照你的脸
怀抱信任
比牵手冷漠好
平淡的真
不要学会
失落信仰来生活

聊

没啥聊

会聊的

都在寂寞里沸腾

我思索

我迷雾的头脑

夜夜想的

是变幻的

鬼火

有共同语言的朋友

不需要语言

我傻笑

纠结伟大的语言

如襁褓里

挣扎着

往母亲肚子里拱

造灵师

人类的灵魂
有赖造灵师
奇
直达感性的人的痛处
感性的人都是孩子
高尚的思想说得龌龊
就龌龊
龌龊的思想说得高尚
就高尚
只是
都看到
无人能使感性的人变得理性
无人能使理性的人完全感性

诗泪

诗
天天的眼泪
照见黎明
黎明的光
穿过窗
穿过过往
我心里生动的
生动的凄凉
我眼里凄凉的
凄凉的惆怅
如果撞向绝望
从纸上
划出李迪
伤

珍重

如果我们牵手
前世便已注定
如果我们分手
永世亦无瓜葛
我们眼里的悲欢
不如珍重

无聊是两只脚

无聊
是两只脚
一只脚在云上走
一只脚把土地踩出
深深的印
天上的吃雨珠
一颗颗塞嘴里说满足
地上的吃草
一筐筐填肚里都饿哭
天上脚摆着一副高傲的模样
瞥看地面
地上脚摆着一副愁容
瞥看旁边的草
诗人跳出来
大嚷
无聊不无聊

小荷

爸爸说我
才是
小荷才露尖尖角
我说
蜻蜓咋没立上头
改口
蜻蜓早该立上头
蜻蜓已该立上头
爸爸说
你这才是
小荷才露尖尖角
你早着咧
我说
小荷

心灵感应

心灵感应
对的
你痛苦
不乞我的钱
幼稚的
却也理性的
压抑悲伤
如果我给了你能给别人的
你放弃思量
错是你的伤
你真诚的虚伪
冷漠又彷徨
我为你费的那么多笔墨
比不上你给那个人的
一个笑脸
你把信仰塞兜里说没有
和你不开心的望着它一样
我二十三岁
流了八十岁时的眼泪

这是爱情
和人生一样

神

神
这个不畏调侃的圣物
永远不认为自己是神
嘴里只有第二人称
据说
他解答爱情
生死
冤仇
我畏你
诗人
你是神

放心吧

放心吧

这已是个不生产垃圾的世界

笑的疯的

淡定

淡定世界的心脏

我微笑

如雨打的窗内

包着糖纸的

酒心糖

为我的朋友们

生产聪明就能乐的良药

小荷

呵呵

看能逗乐几个

来去的智慧

人
不为情困
不为名困
不为财困
就来去自如了
诗人诗意的栖居
取诸世界的喜悲
来去犹如神仙
开心的驴
因为不懂忧伤
所以最终累死在磨盘旁

背叛一切的人他会好过

我觉得我依然
在微笑
我没有输给良心
我便赢得了一切
有句
别人的错惩罚不了自己
善良的人
只要善良
阳光宁愿拐弯找到他
背叛了他人
背叛了信仰
背叛了良心
阴云是他复杂的内心
我比某些人快乐
某些人在领会弗洛伊德
定下的苦
分饰两角
是令人害怕的东西

别害怕

别害怕
我是披着狼皮的羊
你一朝被蛇咬伤
我却连井绳都不是
我的胸怀是山
我的忍耐是海
我是没有身份的仁者
你要是觉得你是东郭先生
我就死给你看
因为羊可杀
不可辱

悲剧艺术家

轻浅的
世故的
他报以一丝轻蔑的冷笑
他爱的一定是对的
他爱所有失了本性的人
失了本性前的状态
如果命运于他凄惨
他同样有逃脱的理由
他不会栽到别人的风凉话里
相反觉得有些人的企图
是做梦

沉默

沉默
和世界一样的
表达
回答
复杂
痛苦
沉默是
艺术的灵魂
我没有为谁而活
我没有为谁而哭
我没有为谁而笑
我没有为谁而留
我没有为谁而思
我没有为谁而忍
只为艺术
它是我死时
最后的一口气
它是我死时
最后的所思

黑

伸出手指
看不见了
但是它还在
如果我闭嘴
形式亦不存
黑是不相信自己的黑
它相信一条通往自由的蹊径
它本来只看到树叶
后来却清楚里面的一切
有人若说你竟然这样
我说
怎样
你意思我同情坏人
我说我没有觉得
谁是坏人
即便有
也不怕

不回来就好

我是喜欢流浪的居客
埋沙漠底下的绿洲
是我穿越沙漠的求索
沉睡的不是你
是沙滩上的翻身的贝壳
它说
它说什么不好
说爱过
不回来就好
微笑输给眼泪
也是落寞
还是静悄悄
静悄悄错过

我在心头栽一棵

什么
这是你的刀
这是他的锤子
他们还要弄我手机
上面签合同遣返我
什么
你要这样捅一下我
他们说有导演让演小品
讽刺我
什么
老师要掐死我
那个老师眼里是绿光
那个老师眼里是红光
他们说我是疯子
算计好了

哈哈
我在心头栽一棵
火红色的太阳花
我姨会来浇水
我妈说我姨对我可好

钱

钱为何物

它是活着的必需

也是延展生活的意义的必需

钱是不重要的

如果快乐

奢侈或施舍

那些吞下的食物

得来的好物

是不重要的

人生

最重要的

是真情

是思想

握着上帝的手

握着上帝的手
让他拉着你走
所有人和事的出现
包括自己的选择
都是上帝的安排
让时间来证明
证明
不过是最后一刻的结果
还是分分秒秒
珍惜
哪怕只有复杂而短暂的人生

吃得苦中苦

吃得苦中苦
我却不求成为人上人
别人所有责怼
我的不好
我累积宽容
累积出世所罕见的
高境界
我拿生命作为
最后的代价

我需茶,你需咖啡

需
嘘
我手里纠缠成团的曲线
还是你
你心里
我是反面么
嘘
我的害怕我告诉自己
你愚弄我的话
我也愚弄我
有人证明的比你利落
但你不要以为
我是绿帽子王
嘘
我在你面前
等于不给变化
假装高尚

没谱的摩羯

羊皮
说
我没有信仰
对的是别人
我只管躲避
心里的伤
光影
真的
我真的
我真的善良
别人的痛
双鱼想的最好
天秤
是鬼影
凄凉
诗人向上帝投诚
给我一把剑
羊角丢进洪荒

九九年的人都十七了

岁月
步履匆匆
法定婚龄
嚷着
可以了
看看不是我的小伙伴
九九年的人
站在成年的门口
庄子说
人生如白驹过隙
忽然而已
写时光的诗
都能看懂

河南山东河北

喝花花牛卖萌的孩子
我只记得你的呼吸声
你留给我太多神秘
不复笑如满月的孩子
我如何完成诗人的叹息
沉默的灵魂
你会帮我说完这一句
我实在没有什么词汇
能形容你们
我如何变成比你们小的孩子
若这么丰富
已经是几代人的人生
我少活个二三年
跳到张家界溶洞中冰冷的水里
让大鲵们
一口一个手脚

修仙

措辞都会有飘的感觉
实在是不足称道
偏偏是少儿的挚爱
修仙哪
可以戏谑的理想
无中竟有的聊
有的聊
逗趣的人喜欢这样聊

眼泪

眼泪是什么
眼泪是我爱的
他叫傲
眼泪是绝望的
玫瑰
眼泪是温水里
割了的手腕
眼泪是崩溃后
站不稳的脚跟
眼泪是
我

感性是对的

感性是对的
它与理性并存
理性也是对的
糊涂也是对的
装糊涂也是对的
只有我是不对的
诗里躲着
却不知诗是个只有屋顶的房子
也是对的
我们隔着海
安全感是我的彼岸

理性遇上暴力

理性
觉得不可为的
可忍
吃着苹果
暴力跑过来
拿钱
理性说
你以为我
不吃苹果会饿死
瞧瞧你吧
头都没洗

拭泪

多久前
我不再收藏你的照片
多久前
多久前
我的冰心
真诚善良任性了一辈子
要是你的理解
从理解化为同情又化为报复
又化为决断
我谢谢人生
我希望你一辈子不读诗
一辈子不知道
有个人
他是诗人
他拭泪
为死之前感受的光
它来自黎明

李迪,我要控诉你

李迪
我要控诉你
你为什么要让我们看见黑夜
你有什么资格站在殿堂上
有什么资格花前月下
李迪
我们需要
需要么
你不过是存在吧
存在就意味着它有意义
有意义的多了
李迪
死也有意义
悲剧艺术家必须走向悲剧
我们的伤口不需要拿放大镜观察
李迪
这首诗我们会把眼睛冻成冰
放在它旁边观看它
这首诗是你的

哭脸

呜
唔
亲爱的
亲爱的你何故哭
我诗里流行的浪
不是
牵手要走的路
断开是那一秒的幸福
我是怕冻的
爬动的
毛毛虫
小猪

他说

他说
他失尽了信仰
在即将迎来新年的晚上
他说他的悲伤是我
愤怒是我
看不见我脸上的惆怅
他说他宁可抛弃我
唱一首无所谓的离殇
他说河流是昏睡的原野
寂寞只留给我
他说他忍无可忍
不在乎我的一切
他说
这就是爱
我掩面哽咽
他说
这就是爱

悲剧

沉默的
是整个世界
痛苦是泪水里
模糊的霓虹
还有什么苦水要尝
前行依然是为理想
淡去光彩的人生
别慌
也不可能慌
静待一个个离去
静待
岁月流长

我们分手吧

我们分手吧
我此刻
听着动听的歌
我眼里
是你笑的温暖的那张
那张穿红衣服拍的
照片

我们分手吧
诗不只十三行好
两个字
也是最畅快的表达

我们分手吧
我守望
春天

莫魇

莫
魇
梦有没有理性
如果你是善良的人
爱有没有眼泪
如果你是脆弱的人
我热诚的心
自卑的心
即便解剖出血
有何用
对看不懂的人
你喊的声音
对什么
什么也没有
阻抗
你不知站在哪一方

门前老树开新芽

老树
在歌中继续哀伤的曲调
时间
不懂这个世界
我们快乐自己的快乐
悲伤自己的悲伤
真实并不美
可真实是平淡的快乐
不停息的年轮
没有说穿不是秘密的秘密
你爱上个诗人
谈什么幸运与不幸
可是
诗从来不说谎
即便对不喜欢的人

名义夫妻

名义夫妻
算不算也是一回事
明眼人
说他不爱你了
爱情若如此简单
还真无什么伟大之处
或者
双方从未爱过
他憋出口的话
还在顾及什么
矛盾如火山岩浆
不是他生性徘徊无信仰
而是幽默总在他脸上

为什么

为什么
你的好
是我孩童的心
为什么
你的好
会是我的缘
我说
休怪上帝
上帝正在休闲
他的欢乐
不是我的可怜

善良的人

他说我是神经病
我眼泪是辛酸
想爸爸的手
那些对的
错的太多
可教室里不只有我
往事
所有的
不要再提

题材

题材说谎
诗人心就假了
假
傻
无聊
看星星
爱琴海
微笑离人的闪退
我爱的人
你怎么了
从未因我有过的眼神
如果漆黑不能忍
请相信
诗是黎明
我告诉自己的无能
垂败的心灵
蒙昧双眼
闭嘴
吃饭是永生

青山在,人未老

人生
书写错过
也书写人生
相遇
是婆娑的树影
回首
或者往前走
青山依然
音容依旧

诗人

咳咳
其实是
没什么牛的地方
都能用
……
多情
但不自作多情
别人听进去一首诗就够了
有人说
怎样怎样
我这里就一句
爱怎样
就怎样吧

甩钱,你若要肮脏

沉默的世界
沉默着我脆弱带来的自私
脆弱遮掩推理和判断
诗人也是人
你如何再与我解释
你本性里执着追求的无语
是和我不一样的道理
你变了
我不想用污浊的词
你也未必会理会
我甩你脸上钱如何
任你逍遥
你喜欢的
洁净如洗的脸上的
肮脏

我羡慕某人过分

我不羡慕他的她
我羡慕
一个叫键盘的东西
我也不卑鄙的
枪杀
我为我的悲伤增色
我也看见了
我写完这首
忘记
叫热情如火和冷若冰霜的词汇

原生态

理想
在我眼里
浅薄
暗手拿走的
我让他拿走
我要原生态的你
原生态的关系
不要你忍
不让微笑变成哭
我的错
苍天会究责
我牺牲自己的理性
完成只有眼泪
和让人痛恨的脆弱的
对故乡的
求索

家里做客刘冀翔

我平时是这样
一丝不挂的穿着睡衣
平时是这样
随便开瓶安慕希或者加多宝
平时来了兴致就啃个兔子肉什么的
没想到刘冀翔从南方飞了过来
南方的馄饨
还是从河北学校门口的店里买来
我拿出俩宝贝
他说
我们家多的是
然后呢
我问
他说
你需要钱吗

善与恶

善
在善者眼里是微笑
恶
在恶者眼里是花朵
无人
能改变造物主对人性的安排
真正的恶者
永不畏杀了几个人
他珍藏着枪支
闭着眼享乐
真正的善者
因为脆弱和被逼
未沾到鲜血
即痛苦一生
号称疯了的若扬言杀人
激情杀人
他本恶
本恶的人
本如粪土

浅小蓝

蓝色的墨砚
研碎心酸
你是什么蓝
会在我这个时候一闪
不是无缘
是不谈缘
你把你捧到我跟前
让我调侃
最后作诗两首
什么
好色的能看对眼

几种结束

幽默哈
不知结束几个月了
按诗人的逻辑
可是确实有几种结束
不结束的结束
没有开始的结束
没有结束也没有不结束的结束
在诗里画个句号
在脑子里画个句号
就像我买个手机掉水里了
我的故事就要从忘记
和新的生活开始
命运没有祸福
不会面对的人
只有祸没有福

灵极

灵极
你的世界我懂
上帝不是讨厌你
上帝嫉妒你
他关了一扇窗
但没想着
给你开通往天堂的门
你的世界
其实是藐视上帝的捣乱的
你不知道
你有多善良
你不知道
你有多理想主义

微笑的

微笑的
他是我丢掉的朋友
他一定圆圆的脸
纺锤一样的身子
像我画的
卡通的
厨子
他沉默成银杏叶子
他曾告诉我
他看不懂背叛
因为
不善良的人
恐怖

理性

理性是王尔德在 1890
他愚昧的和法庭辩论
却不得不忍受
寒酸的唾沫
世景凄凉
他却不会被逼向崩溃
崩溃的
是妻子的带伤的眼睛
他蔚为高大的身躯
感谢孩子的别离
感谢合葬者

秋天的鸟

我手中
握着深深的寄托
我撒开手的时候
结束
伴着欢乐的开始
如果你理解我的寂寞
某年某月某日
接我的电话
我们依然
在相守的岁月

我如何看美

看见
是没有的事
慰我之浅者
在我之浅
我只欣赏你的思想
十句唱词
五次心碎
等于不爱
矛盾不是你的谎言
我搁浅智慧的时候
守望的一根筋
像固执的勤奋
头脑
即便灭了信仰
不灭微闪的火光

嫉恶如仇

能伤害的
不是善意的谎言
不是勾心斗角中
故意伤害别人
而遭的报复
而是对着善良撒尿的人
我信的深
善良活的久
作恶死的惨

诗中的别离

诗中
在忘角的别离
来的随意
孟婆就在跟前
纷繁
欠这一笔
哭的眼
迷离
换行
依然是活
可诗这寂寞着世界的东西
干不倒
人这个
有脑电波就不放下的泼妇

烧烤板上的风凉话

她家
儿子犯罪了
丈夫出轨了
狼狗咬人了
女儿疯了
刚生的婴儿是脑瘫
领养的孩子是弱智
欠钱不还
祖上是地主
她远房亲戚是流浪汉
风凉话是搁浅的大脑
风凉话是放逐的思考
风凉话是记着仇恨的心灵
风凉话是从未很善良的微笑
风凉话
愿意看见灾
愿意看见恶星满天飘
不美好的心灵
装着不美好

会安生

我不当遇见
我的话是悲剧的反思
没有上帝
没有神
走在路上
莫里斯的情人
我没有死
是尚飗如已死者的悲哀
我却不能成为歌者
眼眸里
一丝
命运的讥笑

诗人不能放下

诗人
有人让放下
他说的要放下的
诗人都没想过
诗人关心的粮食
不是米饭
土地不是黄土地
大海不是东海
太阳不是恒星
诗人永在快乐中
歌者
用你以为
而诗人嘲笑
别以为
诗人是理性的疯子

天堂在侧

微笑的眼也怕风吹沙
钻出土壤的嫩芽也怕小狗的脚丫
无助的孩子啊
还在等他吗

你问我天堂在哪
我说你怕不怕
天堂在你旁边啊

天堂在侧
这是我们那说不清的梦幻吗

末日

我生命的一个细胞
它的腐殖质
绵延到了末日
它在狂风的推送下
飘向一块山石
无人知道
每有一对恋人分手
就有一块山石滚落
这块山石在枯草上
它只代表一个客观精神
失恋的人的一滴血
万吨血的能量

傲寒的假

傲寒
马迪压在笔下
上面飘上音符
他说错的是全世界
我一个诗人
流着眼泪
哎
算了

不知道

歌
还是画
还是摄影
我不知道
我不知道
我不知道
愿涂黑手
扼杀心灵的人
我不知道
以为留着
是留着善意的人
我不知道
我恨满手的蜂蜜
我不知道
你把你的背叛
写在我的脸上
你信仰不只是不要
你要捧高信仰的反面
冷漠

我何必强支着散架的东西
再见
永别了
永别刻在这里

二点

二点
我知道
无人再可以伤害我
签筒里清秀的一枚
是我命运的完满
我说是什么
也不会改变
赵子龙抱太子
老子的智慧里
没有迷信
二点
我担心我从未值得担心的
身体
畏死
也命中不死
这是我理想的圆满
可恨的诗
就算不是我饭碗
我也不会

以二十几岁
结束正青春